夏影は残る

杉森仁香

夏影は残る

装幀　篠原将之

はじめは人影のようにみえた。しかし異様に長い。大きいとか背が高いのではなく、長い。全長三メートルほどだろうか、茂る木々に比べればまだ低いが、それにしたって先端を見上げようとすると夏空のまぶしさに目がくらむほど長い。影は鉛筆で荒く殴り書いたように黒くぬりつぶされ、輪郭はおぼろげ、横幅は不確かでともかく印象としては長い、だからおかしい人影にしてはおかしいつまり人影では人ではないのかもしれない、という具合にずるるると脳が動き、けもの道の真ん中にいるソレのあやうさをようやく認識した。

横幅が不確かというのはつまり、毎秒変化しているのだ。まばたきよりも速く、コンマ二秒ほどで絶えず横幅が変化し続け、ある一瞬は細いけもの道の幅を埋めるほどでっぷり太り、そう認識するや否や糸ほどに細くなる。震えながら変化する輪郭が蝿、あるいは蚊だとか、ともかくなんらかの羽虫の大群によってかたどられているように映り、また次の瞬間には砂嵐の集合体にみえる。

　ふいに視界を灰色にかすんだ風が通りすぎ、その狭間で見失ったかと思うと直後にまたあらわれる。ソレは在る。視界には映ったり映らなかったりしているのだが、ともかく在る。目をこらせばみえるのでも、めがねを外せばみえなくなるのでもなく、確実に在るのにもかかわらずなぜか存在そのものをキャッチできないタイミングがある。弱々しい電波のようにアクセスできるとき、できないときがあって、だけどもともかくソレ自身は輪郭そのものをせわしなく変化させながらけもの道の中心に立ち、道の先をふさいでいる。

　これは人ではない。そしてなにかしら問題をかかえた対象ではないかと思い当たるまでにたっぷり十秒はかかった。いやでも、とも思った。いやでも、読み方も知らない離れた土地の銘菓のように密かに有名な存在であって、本当はなんら問題のない存在であれば、第一印象でありもしない問題を推測するなどとんでもなく無礼ではないのか、と。

　途方に暮れて立ち止まっているうち、ソレはゆっくりと動きだした。足とおぼしき部位はみあたらないが、夏の日差しを受け地面に形成された影ごとずるずると引きずるようにして、ゆっくりと藪の中へ消えていく。ちょうど昨日観たサスペンスアニメの、犯人が死体を引きずって歩くシーンを思いだした。ソレが去ったあとの細いけもの道には、冷たい空気だけが取り残されていた。

「あれ、てんちゃんじゃんけ」

ふりかえると、けもの道に比べややひらけた砂利道の真ん中で、となりの望月さん宅の奥さんが立っていた。

「今日も暑いじゃんねえ、熱中症になっちもうよ。てんちゃんも早く帰れし」

「望月さん、あの、今、なにかいませんでした？」

ソレについて形容しようにも適切な表現が浮かばなかった。となりの望月さんは時間をかけて、ゆっくりとあたりを見渡す。けもの道は右も左も草木の緑に覆われ、どこかでしおれた草木の生命がかすむ匂いがしている。せみの声が遊ぶように鼓膜を揺らしていく。

「なにかってなんで、動物け」

なるほど動物。人ではない影でもない、しかしなんらかの意思をもって動いていたのならば動物、うごくものと書いて動物と思い当たるのが妥当だろう。そうでなくとも、周辺の数キロ圏内では人や車とすれちがうほうがよっぽど稀だ。山間まで降りていけばまた違うのかもしれないが、生い茂る木々のあいだを間借りするように暮らすわたしたちの集落では、異音も異臭もまっさきに動物によるものと考えられてきた。十六年間、なんらかの異変を感じとるたび必ずそう判断し、実際そのとおり解決してきたのになぜ今回ばかり人影と思ったのだろう。

あらためてソレがいた場所に目を向けるも、子どものころからほとんどなにも変わらない景色をおだやかな風が撫でるだけだった。

「腹が減っとる動物は乱暴だからね、てんちゃんみたいな小柄な女はすぐ飛ばされちもうよ。悪さされる前に早く帰れし。あ、桃を持ちにきな」

何度も断ったが結局浅めの段ボール箱いっぱいにつめこまれた桃を渡され、ずっしりと重い箱を両手でかかえながら自宅までの五分の上り坂を歩くうち、熱中症という日がなニュース番組でくりかえされる言葉が実感をともないはじめた。いや、おそらく知らずしらずのうち、目も頭もとっくに乾ききって干からびていたのだろう。きっとわたしの知っている動物とは異なる特徴を携えていたアレも、暑さに朦朧とする中で出会った幻想だろう。ならば気にしていても仕方あるまい。そうだ、今日は朝に収穫したとまとやおくらやきゅうりを酢漬けにしてきたのだ。早く帰って彼らのようすをみてあげようと、跳ねるように砂利道を駆けた。

予感がした。というのは、玄関戸に手をかけるずいぶん前から、派手な音があたりに響いていたからだ。油断していた。このところ、朝が来るたび何事もなく朝日を浴びている事実におどろいてしまうほど平和な日々が続き、すっかりおだやかに過ごしていた。まさか昼間にはじまるとは。わたしは玄関に飛び込むと脱ぎ散らかしたサンダルがうらがえるのも桃の入った段ボール箱が古い廊下にほとんど落っこちるように着地し重い音を立てるのもいとわず、今なおなにかが割れる音のする部屋へ駆け込んだ。

「どうしたの」

叔母は居間にいた。背中を丸め、居間の中央に置かれたちゃぶ台のまわりを猿科の動物のようにぐるぐるとせわしなく歩いていた。ごみ箱が倒れ、手鏡は割れ、丸まったティッシュや菓子のつつみや使い終わったコロコロの紙があたりに散乱していた。もう一度声をかけたがやはり届かず、叔母はふりかえることもなく一心不乱に歩き回って棚にぶつかり、机の上に置かれたチラシ類、ティッシュ、いつかの割り箸などこまごましたものを次々なぎ払い、ついでにフェイクの観葉植物を倒していった。規則性などない。家具に手出しをしないのは腕力の問題で、力さえあれば倒していただろう。血走った目は次のターゲットを探してあちこちに向けられるが、幸いわたしは認識されていないらしい。

そういうものがあればいかにも旧家屋という風情の室内も印象が変わるだろう、というだけの理由でなんとなく注文した観葉植物が使い古したぞうきんのように粗雑に扱われるさまを、わたしはなにもできずにながめていた。叔母の胴体に腕を回し強引にでも止めるべきなのかもしれないが、殺気に包まれ別人の顔をしている叔母に触れていいものかわからない。なにより怪我をしたくない。

なおものろのろと動く叔母はそのまま居間とつながった台所へ向かっていった。観葉植物を引きずったまま移動したので、根元の植木鉢部分が食器棚の角にも、流し台にも、わきの小さなテーブルにもぶつかっていた。小さなテーブルはわずかな接触でも大げさに揺れ、テーブルにのっていた酢漬け入りの瓶がぐらりとバランスを崩した。あ、と口をひらきかけたときにはもう遅かった。どうやら半端にひらいていたらしい蓋ががばっと外れ、瓶が倒れ、それからとまときゅうりおくらなす、瓶のせまい世界につめこまれていた夏野菜たちが酢とともにぼどろろろっとこぼれだした。

「あー」と、わたしはいった。あーとしかいいようがなく、手を差し伸べるのも間に合わず、ただわたしはあーといった。叔母はようやく情けない声に反応して台所の真ん中で立ち尽くし、観葉植物から手を離すとまばたきをして静かに客間へ消えていった。客間からはもうなんの音も聞こえない。時間を置いてそっと客間に近づきふすまをあけると、畳の上に敷かれた布団がこんもりとふくらみ、ゆるやかに上下している。

わたしはようやく息をつき、叔母を起こさないよう注意を払いながらあらためて叔母の足取りをたどった。叔母がやってきてすぐのころは、真夜中の嵐がすぎさるたびその動きに規則性を見出そうとしたものだが、とにかくやたらに歩き回っているのだ、そもそも歩き回ってあれこれ手をだす行為そのものにさえ意味はないのだという結論をだすのに時間はかからなかった。わたしにできる仕事は簡単だ。倒れていた観葉植物を起こす。割れてしまった写真立てを片付ける。

今回の被害はふだんより大きい。とりわけ手を焼いたのは台所で、散らばった酢漬けを片付けて換気をしたあともしばらく部屋中の酸っぱい匂いが消えなかった。匂いは居間にいても追いかけてくるので、読み物にも集中できない。部屋の消臭スプレーを親の仇のごとくあちこち噴射して回ればまだましかもしれないが、ちょうど切らしている上に、今すぐ注文し即座に発送されたとしても次の配達は四日後だ。となりの望月さんに借りるという手もあるにはあるのだが、となりの望月さん宅まで足を運ぶのもなかなか億劫で結局やめてしまった。

最寄り駅まで歩いて一時間十分。自転車をかっ飛ばせば多少短縮できるかもしれないが、どのみち自転車が問題なく走行できる整備された道路へ出るまでにけもの道を二十分歩かなければならない。人里離れたという表現がこの上なくぴったり当てはまるこの集落では、となりの望月さん宅までも面倒に感じられる程度の距離があるが、しかしほかに家屋がないので、なにかあれば知らせ合いましょうね協力しましょうね互いに手を取り合いましょうね、つまるところ万が一なんらかのトラブルがあったとき置いていくなよひとりで逃げるなよという呪詛じみた願いを込め便宜上となりの望月さんと呼んでいる。となりの望月さんはわたしには優しいが、母について話すときは露骨に「都会のが向いてるら」「ほうはいってもこんな田舎似合わんだから」といった言葉をならべる。生前の祖母から、なにか聞いていたのかもしれない。

異音、それも窓の外で音がした。直感的に、先ほど遭遇したアレのたとえようのない異様な気配を思いだし、できれば無視をしたかったが、同時にアレがなんだったのかどうしても知りたいという純粋な好奇心を抑えきれずおそるおそる窓をあけて確認すると、そこにいたのはたぬきだった。

こちらが窓から顔をだすなり、たぬきはびくりと反応し、ちゃっちゃっちゃと爪を鳴らしながら母の植えたさるすべりのあいだを抜け、藪に向かっていく。本人はあわてて逃げているようだが、とにかく遅く、重そうな身体がぼてぼてと揺れるばかりでなかなか前に進まない。庭の食物を食い荒らされるのは困るが、たぬきは臆病なので追い払うために手を焼くことがほとんどない。庭に入ってくるたび、困ってしまう動物はほかにもたくさんいる。猿、いのしし、むささび。たぬきはあまりに臆病で小さくて、ほかの動物とは性質の異なる生き物だった。

おととし、中学校の恒例行事である競歩大会の途中でなにかが道路の先をさえぎったときの光景が浮かんだ。反射的に「たぬきだ」と声をあげたわたしに、周囲の生徒たちはいっせいに目を向けた。「え、なに？」「てんちゃんがたぬきみつけたんだって」「まじ？」等々あちこちで声があがり、わたしはいっとき、まるで自分自身が注目の的になっているかのような心地よい錯覚に陥り背筋が伸びた。しかしふやけた勘違いはものの数秒後、誰かが発した冷ややかな言葉でかきけされたのだった。

「いや、ねこじゃん……」

勘弁してください、という空気がゆっくりとグラデーションを描きながらクラスメイトたちのあいだに蔓延し、わたしは冷酷な視線に晒された。そのときはじめて、町ではたぬきを目にする機会などほとんどないのだと知った。

ひととおりの掃除を終えると居間の畳に寝転がり、静寂をごまかすためだけにつけたままのテレビの音を聞きながら天井をながめていた。数分で飽きて、伸びをした拍子に指先に触れたものを持ちあげる。畳の上に転がっていた分厚い文庫本は架空の人物の私記というていをなしており、内容が難解なのですぐに投げだしては、あいた時間の途方もなさに急かされたびたび手を伸ばしてしまう。ただ目を通すばかりで到底理解できていないが、少しずつ読み進め飽きたら家事や課題にとりくみ、また読書にもどるという気まぐれな反復横跳びに勤しんでいた。思い立って本棚から図鑑や辞典の類を引っ張り出しくまなく目を通してみたが、ソレに関する、あるいは近しい生命体に関する記述はみつけられなかった。

台所でとんでもなくかたいかぼちゃと格闘しているとふすまのあく音が聞こえ、叔母が居間に入ってきた。畳の上にぼんやりと立ったままぼさぼさの黒髪をかきあげ、なんらかの違和感にせっつかれるように室内をぐるぐると見回し形容しがたい表情を浮かべていた。包丁をかぼちゃに刺したまま居間へ顔を出し「おはよう、お腹すいた?」と声をかけると違和感を体内へ取り込むように一度だけ鼻を鳴らし、眉間にしわを寄せた。

「わたしが眠っているあいだに、誰か来たんですか?」

知らないあいだにも世界が正しく回り続け、自分ひとりが取り残されていたのをさみしく感じているのか、叔母はなんとも孤独な、被害者めいた表情を浮かべていた。なにいってんのと笑おうとしたが、叔母がいかにも深刻な気配をまとっているのでむやみに茶化すのも居心地が悪く、あいまいに笑うしかなかった。そのままさりげなくかぼちゃとの対話にもどってうやむやにやりすごせばよかったのだが、叔母はじっと黙ったままわたしをみつめ、明確に説明されるのを待っている。わたしがたぬきだったなら、もうさっさと逃げだしていただろう。

観念して、いいわけのように「となりの望月さんが、桃くれた」とだけいった。前回もらったぶんの桃が野菜室にも冷凍庫にもぎっしりつまった冷蔵庫には、新しい桃など到底入りきらず、桃はしばらく玄関に置き去りにされていた。

二度目にソレをみかけたのは、快晴の下であった。よく晴れた平日の朝、澄んだ空気の中で、ずいぶん先の緑まで見通せるほどに視界は良好、いくら異質な存在といえど見間違えようもなかった。

朝からなにをしていたかといえば、神社へ足を運んでいたのだ。自宅からけもの道を渡って二十分ほど歩くと、人知れずひそやかにたたずむ神社へ行き着く。絶えまなくふきだしてくる汗をぬぐいながら境内へ足を踏み入れると、お参りをしたのち御神木を遠くからながめられる位置にしゃがみこんで、持参した水筒を取りだした。飲み口へ直接くちびるをつけてちびちびと水分補給しながら、視線は御神木へ向けてはがさず、煌々と輝いてみえる御神木とその背景に広がる夏特有の色彩の濃い風景を堪能する。人知れずあこがれの先輩にラブレターをしたためつつ、決して渡すことなどかなわないいたいけな女生徒のように、白々しい一定の距離を保ったまましばらく贅沢なひとときを味わっていた。

木陰が移っていくころにはいい加減に満足し、さて腹も減ったしそろそろ帰るか、と立ちあがったとき、視界のすみをなにかがかすめた。理屈はよくわからないのだが、異質な存在がフレームインしたとき、それがどれほど小さくとも確実に意識をつかまれてしまうものだ。

神社の東側は整備されておらず、岩肌がなだらかな坂のようにずっと下の集落まで続いている。いつかの倒木がそのまま時間を重ね、名も知らぬ草花で一帯が覆われている人の立ち入れない領域に、ソレがいた。境内から数十メートル下方にいるソレはやはり鉛筆で荒く描写したような質感で、長く、細くなったり太くなったりしながら、あいかわらず不確かな輪郭を携えてずるずると動いていた。少なくとも意思をともなう動きにはみえず、思考能力のない生き物が風に揺られるまま理由もなく流されているようだった。

それなのに絶対に手も足も届かない場所にいるソレは、息遣いさえ聞こえそうなほどの存在感を放っている。実際に息をしているのか、生きているのか、そもそも生き物かもわからないのに、熱といおうか圧といおうかともかく生命に付随するエネルギーだけは確かに感じられる。それも不気味だった。生きとし生けるものが必ず持ち合わせている輪郭を失っていながら、生き物特有のエネルギーを備えている意味も、理由もわからない。

正直にいえば気味が悪い。しかし竜巻や雷雨の夜に、怯えながらも毛布を肩にかけた状態で窓辺に座りこんでしまうのと同じで、さっさと家に帰ればいいものを、鳥肌を立てながら目を離せないままでいた。あらためてみつめてもソレはあきらかに奇妙で、少なくとも人らしさはなく、なぜはじめて対峙したとき人影と見間違えたのか不思議だった。人には姿形がある。人には意思がある。

しばらくみつめているうちに、ソレが意思を持ってこちらに向かってくることはないと確信した。こちらから不用意に近づき、お遊び半分で接触すればなにか悪い影響を受けるかもしれないが、遠目からながめているだけであれば少なくとも障ることはなさそうだ。首をかっくり折って頭上にぶらさがる切れた電線をながめるように、絶対的な距離を保ってながめているうちはソレの意識の範疇を侵すこともなく、とりたてて問題もないだろう。ソレは形を変えながらずるるると岩肌をすべり、やがて木陰に隠れてみえなくなった。身を乗りだして行方を追う気にはなれず、何事もなかったかのように大人しく家路についた。このころは、近々起こりうるソレとの接触など、想像だにしていなかった。

玄関戸をあけるときは緊張した。前回の惨事を思いだし、ソレの目撃と叔母の暴走がなんらかの形でひもづいているのではないかと身構えた。しかし当然ながらいっさいの相互関係はなく、家の中はでてくるときと同様に静かで、緊張したぶん安心とともになんとなくものさびしい気持ちになり、思い立ってゆっくり客間のふすまをあけてみた。

隙間から、まず古い畳のくすんだ緑色がみえた。それからふだん使わない座布団、ヒーター、段ボール箱などが順に目に留まった。家具家財が雑多に重なり、ほとんど物置と化している客間はこれでもかろうじて片付いているほうだ。

叔母はまるで家具家財の一部のように背景に馴染んでいた。てっきりまだ眠っているものと思っていたが、部屋の中心に置かれたこたつ机の上でノートパソコンをひらき、めがねの奥の細い猫目をみひらいてディスプレイに集中していた。

「なんですか？」

叔母はたずねるときでさえこちらを向かず、引き続き無表情でキーボードをたたいている。背骨が頭の後ろから座布団に乗ったお尻の後ろまで、まっすぐに貫いているのがわかるような、美しい正座だった。

「あのさ、いい忘れてたんだけど。洗濯終わったら干しておいてって頼んだと思うんだけど、洗濯機の中に洗濯物入ったままだったよ」

「すみません、仕事をしていたので気づきませんでした」

いいわけとして成立してはいないのだが、仕方ないだろうといわんばかりの堂々たる姿勢にかえす言葉がみつからない。返事をする代わりに、そっとふすまに手をかけて室内に侵入した。こたつ机を囲う古いリュックサックやなんらかのバッテリーや厚手のパーカーは、互いにもたれ合って境目をなくし、どこまでが我が家の家財でどこから叔母の荷物なのかわからない。壁際では布団が敷かれたままになっていて、就寝前に読んでいたのか枕元に『人と気まずくならない方法』という本がひらいたページを下向きにして雑に置かれている。

作業に没頭している叔母は侵入をとがめることもなく、なおもとりつかれたようにディスプレイをにらんで手を動かし続ける。後ろからのぞきみたディスプレイには、英語の文字や数字が生まれて増えて削られていき、どれもがわたしにはやはりただやみくもに羅列しているものにしかみえない。叔母が編んだ文字列はスマートフォンアプリとして動くそうだが、まるで想像できず、そもそもスマートフォンを持っていないのでイメージのしようもなく、魔法を目撃した気持ちで叔母の作業をながめていたが、天変地異があろうと気づかないのではと不安なほどにきびしく集中している叔母の前ではすぐに飽きてしまい、大人しく客間を出て居間で読書に勤しんだ。朝食は、きゅうりに味噌をつけたもので簡単に済ませた。

日中はほとんどすべての時間をパソコンの前で過ごす叔母が、夜を迎えるたびくりかえす不可思議な挙動はどうやらただ寝ぼけているだけらしい、と気がついたときには拍子抜けし、同時にいったいなんだそれはと困惑したものだ。わたしはそれまで夢遊病という病気を知らなかったし、寝ぼけて夢と現実の境目があやふやになってしまうだなんて幼い子どもだけに許される拙さだと思い込んでいた。

標高の高い集落で暮らしていると「子どもだけに許されるもの」が四方八方を取り囲み、いずれ年齢とは無関係に身体へ染みついていく。たとえば草花を摘むこと、花の蜜を吸うこと、木の実を拾ってかじること、服も下着もすべて脱ぎ捨てて川に入ること、地面に落ちていたさなぎを拾って種類を見極めること。ところが町で暮らす同い年の女の子は、これらをしない。できないというのではなく、豊かな暮らしの中で磨かれた審美眼でもって、どうやら魅力を覚えないらしい。ならばおそらく、わたしもしないほうがいいのだろう。

少なくともわたしが小中学校で出会った女の子たちは、誰もが高尚な世界の住民にみえた。ある女の子はバイオリンでモーツァルトさんの曲を練習しているといっていた。またとある女の子は日曜日の午後に、母親と妹とともにマドレーヌ作りをするらしい。実際に、ピンクのリボンでくくられた袋入りのマドレーヌをもらったこともあるので、嘘ではないのだろう。バイオリンもマドレーヌも絵本の世界でしか触れたことがなかったわたしはカルチャーショックを受けたが、次第に本の中のできごとは現実でもままあるのだと学んでいった。

彼女たちと同じ目線で話し足並みをそろえるためには、幼い言動を封じ、できるだけ本を読んで知識を身につけなければならない。ああマドレーヌね知ってるよ。バターがたっぷり入ったお菓子でしょう。まだ口にした経験はないけれど当然知っているよ当たり前でしょう、という具合に、いかにも自然にふるまわなければならない。まさか、おやつ代わりとして野花の蜜を吸っているはずはない。木の実を炒った風味に満足しているわけがない。

そうして自らの行動を制限していくといずれなにもできなくなってしまうので、暇つぶしのために本を読んだり家事や課題を進めたりするというのは、ある種理にかなっていた。難解で退屈な本であろうと、日々の生活の中ではめったに機会のない見知らぬ人との会話だと想定し「へえ」「そうなんですね」とあいづちを打ちながら向き合えば、次第にわからないという理由で投げだすことがとんでもない無礼に思えてくる。

夕陽の熱が草木を燃やす夕方に電話の着信音が鳴り、折りたたみの画面をひらくと「母」と表示されていた。母はいつも、本題から話しはじめる。もしもしの次には「まだかかりそう、帰れない」とあっさりいった。

「祭りはどうなるの？　祭りまでにはさすがに帰ってこれる？」

「どうだろうね。そのつもりだったけど、わからないね」

わたしを悲しくさせたのは、母のあっけらかんとしたいいぐさだった。例の神社で毎年開催される夏祭りは、年に一度だけ訪れる身近な非現実だ。ふだんはほとんど誰も立ち寄らない神社にその日ばかりは人が大勢集まり、出店もならんでいかにも華やいだ雰囲気になる。焼きそばやたこ焼き、りんご飴ぶどう飴、さらにはパステルカラーのチョコバナナやなんだかよくわからないドリンクはどれもすさまじく魅力的に映り「本当に食べられるの？」「身体になにかしら悪い影響があるんじゃないの」と気が進まなそうな母をいいくるめて片っ端から買ってもらうのが毎年の楽しみであった。母も、祭りのタイミングを逃せばわたしが欲しいものをねだる機会がないとわかっているためか、その日ばかりはわがままにつきあってくれる。

しかし母が不在とあれば、いっさいをあきらめるほかなくなってしまう。毎年、ねだれば買ってくれるとはいっても母自身はそれほど気乗りしないようだったし、祭りに参加できなかったとしても特別に悲しい思いはしないだろう。とはいえわたしが祭りを楽しみにしている姿を知っているはずなのに、潔いほどにまるきり寄り添ってもらえないという事実は、電波を通すとますます冷たく感じられ、悲しみと調和して重くのしかかった。

母は夜間の外出をかたく禁じていた。それはわたしがまがりなりにも女であるためではなく、夜は寝る時間だからという存外端的な理由で説明されていた。幼いころは毎日くたくたで、夜も八時を回れば自然とまぶたが重くなっていたために反発もせず受け入れていたのだが、中学へ入学するころになるとどうも世間には夜間であろうと平気で外出する子どもがいるらしいと気づきはじめ、すると母は「人間は夜に勝てないのだから危ない」といういいかたに変えてなおも外出を禁じた。

人間は猫などの諸動物と違って夜目がきかない、ならば夜を歩むために作られた個体ではないわけだから、ちゃちな肉体しか持っていない我々が夜間に外出しようなんてのは生意気、調子に乗っている、いいから大人しく寝ていなさい、眠れないのならせめて家の中で大人しくしておきなさい、ということだった。ある程度の年齢を迎えるとなにを大げさなといいたくもなったが、かといってコンビニもスーパーも友人宅も遠く離れたこの環境で、夜に是が非でも外出しなければならない理由などひとつもなかった。そのほかに母から強く言動を制限された経験がないのも、素直に聞き入れざるを得ない理由につながっていた。

だからといって実に一年ぶりの、そしてこの地域に暮らす者にとって唯一の楽しみである夏祭りに行けないことをまっすぐに受け入れられたわけではない。消沈したわたしはやりきれない胸のうちを手懐けられず、食べ物を求めてうろうろと歩き回るけもののように家中をあてなく歩き回り、行き当たった先、客間のふすまをそっとあけた。叔母の細い指は、数時間前とまったく同じようにキーボードをたたいていた。

「なんですか」

あいかわらず、叔母はこちらをみない。人と気まずくならないための知恵として、そうしているのだろうか。

「祭りとか興味ある?」

「祭りとかというと、ほかにはなにを?」

「いやごめん、祭り」

「人混みは苦手です。どうしても行かなければならないなら腹を決めますが、興味があるかといわれればありません」

夕食後、半音低くなったせみの声を聞きながら読書に勤しんでいるうち、案外あっさりと気持ちが切り替わったのには自分でもおどろいた。冷静に考えてみれば、仮に叔母が祭りの参加に前向きだったとしても、だからといってここぞとばかりに叔母に甘えるのはどうにも肌になじまない。かといって大人に甘えなければ焼きそばもりんご飴も着色料のドリンクも購入できないのだから、指をくわえるためだけに祭りに行くのもばからしい。

叔母だって血縁者であるのだから子どもらしさをふりかざしてとことん甘えてもよいのだろうが、だからといって母にするように甘えられるかといえば、いやでもちょっとそれはねえ、わたしはいいんですけど全然いいんですけどでもだからってもたれかかったらあちらに失礼ではありませんかね、といいたくなるなんともよそよそしい距離を否定できず、一緒にでかけたいあれを買ってほしいと無邪気に乗り越えるには、わたしは大人になりすぎていた。

大人。笑ってしまう。真に大人ならば、時間など気にせずひとりでどこへでもでかけてしまえるはずだ。もしも夜にひとりででかけて神社まで行ったとして、母がその事実を知ったらひどく怒るだろうか。感情の処理ができない母のことだ、夜ごと混乱を極める叔母よりもさらに混乱して激しく怒り狂うかもしれない。いやしかし、わたしが夜に家を抜けだそうとしているとき、すぐに気がつける距離にいない母が悪いのだ。

「すぐに気がつける距離にいない母が悪い」はもともと、となりの望月さんが放った言葉だ。幼いころ、神社近くで遊んでいる途中に足をすべらせ斜面を四メートル近く転がり落ちたことがある。母の声がはるか頭上から聞こえたとき、仰向けになったわたしがまっさきに実感したのは己の小ささだった。

　元の場所へもどろうにも自分の位置を知らせようにも身体も言葉も拙く、自分にはもう打つ手がないのだと気づいたとき、節々の痛みよりもおそろしさがふくれあがり、思わず失禁するほどの孤独の中で泣くこともできなかった。のどかなんて言葉には到底おさまりきらない茫々とした自然のもと、死ぬかもしれないと肌で感じたのは後にも先にもあのときだけだ。

　幸いすぐに救助され、木の枝でうでをひっかけたかすり傷以外は奇跡的に無傷だったのだが、その後数日のあいだどういう理由か口がきけなくなった。母は何度も「どうしたの」「なんでなにもいわないの」「いわなきゃわかんないでしょ」といったが、大人にせっつかれるまでもなく、一刻も早く声をだしたくてならなかった。そのころはまだ母が自宅で過ごす時間も長く、言葉でコミュニケーションをとれないとなると不便で仕方なかったのだが、喉の奥、手の届かない部分が乾いてはりついてしまったようでどうにも手の施しようがなく、母が焦り取り乱すさまをただみつめるしかなかった。三日後にとなりの望月さんがようすをみにきて、置き土産のように放った。

「ぼこなん好き勝手にちょべっかするだから、すぐ気づける距離におらん母親が悪ぃら」

わたしはその日のうちに、発声方法をとつぜん思いだした。

夜と朝の拮抗を誰かが妨害している音で目を覚ます。廊下のきしむ音のあと、しばらくするとごつ、と角に足でもぶつけたような鈍い音が聞こえた。布団からはいだし、暗い廊下の電気をつけるとどうやら物音は居間から響いているようだった。

叔母は、廊下の灯りがぼんやり差し込む居間でいつかと同じようにただぐるぐると歩き回り、わたしの横をすり抜けて廊下にでて、また居間へ入り台所まで行ってまた居間へもどり、とくりかえしていた。なにか壊したり、倒したりはしていないようだ。そしてあいかわらずわたしの存在には気づいておらず、焦点の合わない目で虚空ばかりをみつめながら歩き回ってはときどき「うう、うー」とうめく。なにかに迫られているようだが、叔母を追いつめる存在は少なくともわたしの目には映らない。野生動物のようにただ歩き回る、滑稽な叔母以外には誰もいない。

薄暗闇に目がなかなか慣れないためか、動き回る姿をながめているうちに叔母がまとう肌色や髪の色や服の色が薄くかすんでいくような錯覚を覚えて、とうとう叔母の姿が半透明にみえた。半透明の人間などどうしたって不可思議な存在であるはずなのに、以前から変わらず半透明であったのだと説明されれば納得してしまうほど、妙に馴染む半透明だった。むしろ自分が半透明でない理由を探すべきではないかと考えたが、すぐには思い当たらない。お互いのほかに誰もいない環境で、叔母が理性のいっさいを手放しているとなると、自らの定義もあいまいになってしまう。

眠りから覚めた本人が他人の気配めいた違和感を覚えるほど大暴れした先日の昼寝以降、叔母は夜中や昼寝のあいまに起きてきてもずるずると動き回るばかりで比較的おだやかな日々が続いている。それでも万が一怪我があってはいけないので、叔母が起床した気配を感じたらなるべくすみやかに起きあがり、叔母のそばで見守るようにしている。

たいていは危険な行為がみられないので、止めることも声をかけることも注意することもないまま叔母の奇怪な動きをしばらくながめる。そのうちに叔母の存在がはるか遠くに思え、それは距離の話ではなく確かに今目の前で起きているのにもかかわらず、切り離された次元、異なるレイヤーのできごとのように感じられる。距離をもってただながめていると、さまざまな発見がある。叔母のひじから指先までのラインは、いつでも妙に美しいのだった。

小中学生のころは、通学のため片道二時間の道のりを毎日せっせと歩いていた。同級生の親御さんたちが気の毒がって途中まで送迎してくれる機会もあったが、車で移動しようと結構な距離であることは変わりなく、年齢を重ねるうち「まあこの年齢ならもうね」「あなたも大人の手を借りるなんて抵抗があるでしょう、反抗したくなるでしょう」「私たちもこうみえて暇ではないですから」といった気配がはびこって、なんとなく遠慮するようになった。

毎日往復していればそのうちに体力もつき、脚力もおのずと鍛えられていくのではと期待していたが、都合よくいかなかった。帰宅するなり疲れきってすこんと眠り、その疲れが癒えないうちに次の朝がやってきて新たな消耗の呼び水となる。じきに遅刻も増え、したがって怒られる機会も増え、いつしか身支度を整え家からでること自体すっかり億劫になってしまった。

昨年の今ごろ、わたしたちは大人たちが人工的に作りだす急いた空気に背中を押され、ほとんど宙に浮いたような形で中学三年生の夏という無性に特別に思える、その実例年の夏といたって変わらない時間をもてあそんでいた。

昼休みに進路指導室で行われた担任との面談で「高校への進学は考えていない」と伝え

ると、担任はわなわなと震えたのち糸が切れるようにとつぜん声をあげて怒り狂った。それはもう怒っていた。温厚なおじいちゃんと認識していた担任が、めがねの下で目を吊りあげ耳の先まで真っ赤にして、なるほどこれが激怒なのかと妙に納得するほど怒っていた。ふざけるなどういうつもりだそんな馬鹿げたことを本気で考えるなんてお前はまさか悪魔の子なのか、と。

たとえにいまいちピンときていないのが表情から伝わったのか、黙ったままでいたのにもかかわらず担任はますます激昂し、さらに何事かまくしたてながらその場にあったファイルを投げペンを投げプリントを散らし立ちあがって、そのまま肩で息をしながら進路指導室から飛びだしていった。

しばらくのあいだ、担任の帰還を待ってみたのだがそのうちに昼休みが終わってしまい、ひとまず教室へもどって午後の授業を受けた。担任は授業のあいだも怒りを持続していたらしくホームルームでわたしの所業を告発した。このクラスには、みなさんが頑張って受験勉強と向き合っているとき、ひとりだけ逃げようとするずるい人がいます。みなさんはどう思いますか。

とつぜんのディスカッションで焦点となったのは「高校へ行かないのであれば、空白となる平日日中の時間をどうやって過ごすのか」という点で、家でできる仕事をしたいとぼんやり夢想していたこともあっさり見透かされ、中学を卒業したばかりのひよっこになにができるものか恥を知れ贅沢ものめ、と叱咤された。クラス全員へ向けて発しているふうを装いながら、担任の目はまっすぐわたしをつかんでいた。

その日家へ帰ると、黒髪のショートヘアを目の下まで伸ばし、いかにも気難しそうにちらりちらりと動く目を隠してうつむく女性が居間に座っていた。都心で働いている叔母と会ったのはこのときはじめてで、わたしは彼女が誰なのか見当もつかないままひとまず会釈をした。彼女も同じくぎこちない会釈をかえすだけで、互いに自己紹介はしなかった。その後、台所から居間へもどってきた母とのやりとりを聞いて、はじめて叔母だと知った。明日の朝帰るから今日は客間に泊まるのだ、ということも。

酢飯の上に冷えた炒りたまごとしらすとさくらでんぶを散りばめた、ちらし寿司というには簡素な、しかし我が家の食卓ではちょっとみないくらいに豪勢な夕食を囲みながら進路の件を話した。叔母は美しい持ち方をいっさい崩さずに細かく箸を動かし、表情さえもまったく変えないまま、とても真剣に聞いていた。

「高校へ通わずに家で仕事をするというのも、決して不可能ではないと思います。わたしの仕事も、やり方によっては完全在宅勤務が可能です。ただ、先々を考えれば高校への進学はしておくべきではないでしょうか。通信制の高校であればそれほどストレスにはならないでしょうし」

酢飯に少しばかり箸をつけたきり「お腹いっぱいになっちゃった」といって一足先に畳に寝転がっていた母は「どっちでもいいんじゃない」とあくびまじりに返事をした。母の「どっち」に挙がったふたつの選択肢がいったいなんだったのかよくわからないまま、わたしは通信制高校への進学を選んだ。

「いってくれればよかったのに」

自宅の立地を考慮すると一般高校への通学が困難であること、かといって寮や下宿での生活ができるほどの金銭的な余裕も、奨学金を受けるに値する能力もないことから通信制高校へ進学します、と叔母が考えた台詞を一語一句間違えないよう細心の注意を払いながら昼休みの進路指導室で報告したとき、担任はあっけらかんといった。ため息まじりに、いってくれればよかったのに、と。

「そういうきちんとした理由があるのなら、はじめにいってくれればよかったのに。あなたがなまけて、もう勉強なんてしたくないから高校に行きたくないと考えているんだと思ったじゃないか。ちゃんと理由があるのなら、自分の口できちんと伝えなさい。あなたの口はなんのためについているんですか」

わたしは机に額がつくほど頭をさげて「ごめんなさい」といいながら、ごめんなさいとはなんだかずいぶん子どもっぽい響きだ、と考えていた。大人もごめんなさいというのだろうか。

帰宅し、叔母に「担任の許可でたよ」とメールを送ると、親指を立てた絵文字だけがかえってきた。叔母も絵文字を使うのかと新鮮に感じたが、返信の文面を打つのが面倒で履歴に残っていた絵文字を簡単に押しただけだろうと想像すればいやに納得した。

以来叔母との交流はなく、この夏、叔母がチャイムもなしにうちの玄関戸をあけたとき、久しぶりに叔母という存在を思いだしたくらいだ。


しばらく家をあけるので子どもの世話をしてほしい。いや、世話という単語は使われていなかったのではないだろうか。みていて、といったのかもしれない。それで叔母は、ご要望のとおりただわたしを「みている」のかもしれない。視界に入らない時間も、なんとなく気配を「みて」いるのだからいい、役割をまっとうしている、と認識しているのかもしれない。母と叔母は似ているので、簡素なやりとり以上のコミュニケーションはなく、それで困ることもなく、今回の奇妙なふたり暮らしを実現したのではないだろうか。

幼いころは、母が「疲れた」の代わりに発する「死にたい」を過剰に受け止め、どうすれば母が死なずに済むのだろうかと子どもなりに試行錯誤していた。年齢を重ねる中で、母の「死にたい」は不器用なコミュニケーションにすぎず「家事にまで手が回らないが言及するな」「酒に溺れていてもとがめるな」「話しかけるな」といった意味合いしかもたないと理解していくらか楽になったが、だからといってむなしさは変わらなかった。叔母は母に似ている。

洗面所でがごんと鈍い音が響いた。古い洗濯機はいつも途中で脱水をやめてしまう。異音に気づいたタイミングで洗濯物を取りだし、よくしぼって干さないとせっかく洗ったばかりの洗濯物に生乾き特有のなまぬるい匂いが染みついてしまうのだ。わたしは便箋に向かって文章を書きつけている途中でペンを投げだし、朝のすがすがしい光が満ちる庭へ降りていった。洗濯物を干しながらも、書き進めていた手紙の続きとなる文章を、頭の中でくりかえし構築しては破壊していた。

ぼんやりと人型の幻覚を浮かべてはさも相手と自分が密接な関係であるかのような想像

に陶酔するようになったきっかけは、中学二年生の夏休みにまでさかのぼる。朝練に来ない、という理由でバスケ部からいつのまにか除籍されていたわたしは、その夏途方もない時間をもてあましていた。小学校の六年間は母の職場近くにある施設に預けられ、前年の夏はバスケ練習に明け暮れていたので、時間そのものが熟れてしまいそうなほど長い夏休みを家で過ごすのはまったくはじめての経験だった。

たいていの日、起床したときすでに母は出勤しているのだが、家には誰もいないのになぜか体温を感じるなまぬるい空気がたたずんでいて気味が悪かった。とりたててすることもないので畳に寝転がっているうち、あまりに静かすぎる空間では耳の奥がきいいんと鳴るから「無音」は本当は存在しないのだとはじめて知った。その音に身を任せてまぶたをとじると、簡単に宇宙へ放りだされてしまう。途方もない時間が肉体の上をすべって通りすぎていくような体感に身を委ね、強く目をみひらくと身体中汗だくになっていた。

毎日、与えられた空白がひたすらにこわかった。自由であろうと退屈であろうとひとりで消化する手立てがなくただもてあますばかりで、持ちきれなくなったぶんは半径数メートル内でどんどんふくらんでいく。重い時間が存在感を増すたび家の中をぎゅうぎゅう満たして生活空間をうばい、わたしはふくれあがる時間にへこへこと頭を下げながら、空いたスペースだけで生活しなければならない。

人と話す機会も極端に減り、いつしか声の出し方さえわからなくなっていった。母が帰ってきたときに「おかえり」といおうとしたのに声がまったくでず「あんたのために毎日働いてるんだからおかえりくらいいいなさいよ」と怒られたこともある。これではいけないと思い、庭をおとずれたたぬきや猿へ「こんにちは」と声をかけてみたが、目をみて交わすあいさつは明確な敵意ととらえられるのか猿には威嚇され、たぬきは一目散に逃げていってしまう。

意識的にひとりごとをいうようになったのはそれからまもなくのことだ。けれども「あー」だの「はー疲れた」だの「そうだよなあ、どうしよっかなこれ」だのどこかで聞いた鼻歌だのはぐうぜん漏れてしまった音と変わらず、すぐに物足りなくなったので続いて架空の番組のパーソナリティに扮してしゃべる練習をはじめた。ところが面白おかしく語れるエピソードなど、半径数メートルで完結する他愛ない日常生活でそうそうみつからないのであっというまに話すべき内容もつき、そうなると今度はありもしない話を捏造するようになった。

カタカナの名前がつけられた葉っぱをたくさん使ってカレーを作った話、友達とたこ焼きパーティーをした話、海へ行ってそのままどこへも寄らず誰ともしゃべらず鈍行を乗り継いで帰った話。タレントや作家の随筆に書かれていた内容をもとに、詳細を捏造しながらオリジナルストーリーを組み立てた。そのころには夏休みは終わっていて、無理やりしゃべらなければならない理由もなかったのだが、引き続き人目を盗んでたしなむ趣味としてパーソナリティごっこに勤しんでいた。

とりわけ饒舌になってしまうのが、架空の恋人にまつわる話だった。二年前から付き合っていて、サッカーが趣味の年上男性、休日は映画を観に行く。どんな映画を観た、そのあとどんなカフェに行った、彼はいつもどんな物を注文する、細部の設定がそろいはじめるとますます愛着がわき、いつしか決定した内容を忘れないためにメモをとるようになった。けれども、ただメモをとるという行為だけではあまりに愛がなく、設定をただ書き連ねた紙は彼が存在しないことを決定的に裏づけてしまう。そこで手紙という形式を取り入れた。彼へ宛てた文章をしたため「あなたはおねぎがたっぷり入った赤味噌のお味噌汁が好きといっていましたね」といった具合に情報を連ねていけば、メモとしての役割を果たしながら彼の存在を肯定できる。ときどき詩的な表現を差し込めば、もう単なるメモにはみえない。

そのうちに書き残すべき内容も存在しないのに、詩的な文を連ねることにばかり熱中するようになった。同い年の女の子がどんなラブレターをしたためているのか知らないので、できる限りロマンティックな表現を考えなければならず、だからこそとんでもなくやりがいがあった。日常生活の中で、うっとりと夢見心地に浸れる機会などほかにない。

意気揚々とペンをとった初日は二十三時から朝六時まで、たっぷり七時間をラブレター作成に費やした。気づけば朝になっていたので、七時間のあいだになにをどのようにしていたかあまり記憶に残っていなかった。

起きてきた母に「なにやってんの」と声をかけられてはじめていつのまにか日が昇っていることを認識して、あわてて愛の結晶を隠した。わたしは自室を持たないので、書き物は居間でとりくむほかないのだが、夜の作業はさすがに注意をひいてしまう。ならば日中しかないだろうと考えた折に、大きな荷物を担いだ叔母がやってきたのだ。大荷物を玄関におろした叔母が、猫目をぎょろりと動かして「お世話になります」といい、それ以上の説明をせず客間に入っていった。わたしは居間にもどって、ラブレターの執筆を続けた。

また異音である。あいかわらず洗濯機の調子が悪い。かと思えば一度ボタンを押すだけで大人しく洗い、すすぎから脱水までやりきってくれることもあるし、だからといって油断しているとただ濡れたままの洗濯物が長らく放置されていることもあるので、洗濯機が異音をあげたときには、大人しくようすをみにいく。

異音で人を惹きつけておきながら、何事もなく動いている洗濯機に忌々しい気持ちを覚えつつ居間へもどろうとしたとき、人の気配を察した。叔母は毎日起きてくるのが遅いのだが、ときおり気まぐれに起きてくることもあるのだった。わかっていたはずなのに、油断していたために書きかけのラブレターを居間のちゃぶ台に広げたままにしていた。今回のラブレターは、どれほど多様に愛の言葉をつむげるかという密かなチャレンジだった。「好き」「愛してる」からはじまり「とても大切」「失いたくない」「あなたがいなければ」「もしあなたがいなくなってしまったならわたしは毎日の食事も喉を通らなくなってしまう」と情熱的な言葉をひねりだし、脈絡なくならべていた。

叔母は広げたままのラブレターに遠慮しながらも興味を拭えないのか、やや距離をもって不自然に立ち、半端にふりかえるような不自然な角度から便箋をみつめている。そうした叔母の下世話な挙動を目撃したわたしはといえば、自分でも不思議なほどさっぱりとした気持ちでいた。

架空の恋人へ宛てたラブレターについて、恥ずかしいとも読まれたくないともぜひ読んでほしいとも思わず、意味もなくポケットの中のなんらかの種を取りだしたり置いたりもどしたりしながら、叔母がなにかしら反応をみせるのをじっと待つ。

庭先の鳥たちもいつのまにか飛び立っていた。叔母はようやくわたしの存在に気がつくなり、肩を縮こまらせ、膝が歪むほど派手な反応をみせた。それから、わたしが口をひらくよりもすばやくいいわけをすべり込ませる。

「すみません、なにか重要な書類ではないかと思って、たとえば保護者が確認すべき書類だとか、自治体からのお知らせだとか」

「なにそれ」

単純に、歯切れの悪い叔母の言葉からすべてをくみとることが難しくたずねたまでだった。しかしこぼれた「なにそれ」は、自分でもおや、と思うほどざらついていて、みぞおちの奥の奥のほうからじわじわとなんらか滲み出し、高揚していくのを感じた。便箋にならんだどうみても手書きの、それもお世辞にも達筆とはいい難い子どもじみた文字の文面がいったいどれほど重要な情報を示すのかと不思議に思い、不思議は新たな高鳴りにつながった。

叔母はざらついた「なにそれ」の発音からわたしが気分を悪くしていると感じとったのか、すばやく顔をあげた。眉が垂れてわずかに寄せられ猫目の奥に薄く焦りがともっていて、あまりに頼りない表情だった。

「あ、いえ、中身をみてしまったことには変わりませんので謝罪します。ただ、こういった私的な文書は目につかないところで……」

ここしかないと思い、持っていたキッチンペーパーを畳にたたきつけるなり勢いのまま玄関を飛びだした。靴を履くのもわずらわしく裸足のまま庭を抜け小径を駆け、両腕を大げさすぎるほどぶんぶんふり、肉体のすべてをもって風も緑も断ち切る覚悟でとにかく走った。世界中が同情して泣くほどの、とんでもなく悲惨な目に遭って打ちひしがれている女の子を胸の中で育てていっぱい走った。先生も家族も友人も、誰ひとりわかってくれないと悲しみに暮れながら走った。

感情任せに不安定な斜面を深く踏みしめたとき、足の裏に固いものが突き刺さった。無視して走ろうとしたのだが痛みに足がもつれ、立ち止まってふりかえるとするどい形の石が転がっている。胸の中で育てた傲慢な女の子にせっつかれるまま「なんなのよ！」と叫んでみたが、思い描いていた以上に大きな声がこだましてしまいとたん我にかえった。全校集会で大きなくしゃみをこらえきれず、いっせいに注目を浴びたときのような気まずさに包み込まれ、誰もいないのに遅れて照れ笑いがこみあげた。念のため「いったい全体なんなのよ」という台詞も用意していたが、口にする前に心は沈着してしまった。

酸欠の身体に、新緑の放つエネルギーはあまりにまぶしい。来た道をふりかえってみるが、追いかけてくる足音はなく、風に揺れる木々が枝葉をぶつけ合うささやくような音しか聞こえない。シャクトリムシが木の表面をずるずるとすべっている。青々と透き通った景色の中ではわたしだけが異端な存在であり、どこかから誰か、たとえば猿やたぬきや草や花から、軽蔑的な目を向けられているのではないかと錆びついた妄想にとりつかれた。こめかみを伝い、耳のわきを伝い、あごを伝って地面にこぼれ落ちる汗の一滴さえ異物だった。自分が大多数と同質でないという実感に、足の裏が乾いてその場にはりつき動けなくなってしまう。

好奇な視線に耐えかねて大人しく来た道をたどり、衝動的な家出は往復四分ほどで終了した。となりの望月さん宅までも届かなかった。玄関戸をあけると、その音に反応して叔母が客間から顔をのぞかせた。玄関先で足の裏を拭いているわたしの姿を上から下まで視線をすべらせてよく観察してから「どこに行っていたんですか」とあいかわらずの無表情でたずねた。

「ごめん。ちょっとやってみたかっただけ。朝ごはんできてるから食べよう」

麦飯と納豆、きゅうりの浅漬け、とまとサラダの朝食を終えればまたなんでもない時間がやってくる。ふだんならこの時間帯にも神社へ足を運ぶのだが、今日はこれから天気が悪くなると天気予報士が伝えていたので外へでるのはやめて、代わりに客間へ向かった。

「学校の課題、ここでやってもいい？」

「いいのでは？」

問いに問いをもって答える叔母は、変わらずディスプレイをみつめたままだ。わたしは叔母の背中を確認できる位置に体操座りをして、太ももを机代わりに課題集へ解を書き込んでいく。あいまに、叔母の背中へ視線を投げる。御神木へ向けるように。案の定叔母はいっさい気づかず、気を遣って会話をしようともせず、キーボードをたたく無機質な音ばかりが響いている。この部屋はせみの声さえも遠く、夏の情景から切り離されていた。

意識があるときの叔母は生《き》がつくほどに真面目だからこそ、眠ったまま家中を徘徊しているとき、その姿は妙にいきいきしてみえる。意識も意思もないに等しいのだとわかっていても、縦横無尽に徘徊する叔母をみるたび、なんて楽しそうなのだろうとうらやましく思う。揶揄でなく、もちろん皮肉でもなく、常に冷静で端的な叔母の「楽しい」が垣間みえる瞬間が、わたしはこれ以上ないほどに愛おしい。

冷蔵庫に入っているおにぎりをきっかり五分温める叔母、手のひらを突き刺すような熱を持っているはずのおにぎりをラップごとむんずとつかんで居間のちゃぶ台まで運ぶ叔母、「あつっ」など絶対にいわない、顔を歪めることもない、居間までの道で早足になることもない叔母、暗転ののち舞台上に取り残されても自分の役割をまっとうするために姿勢を崩さない役者のような叔母、常にびりびりと甘い電流のような緊張感を身体から一センチ範囲にまとっているあの叔母が、すべてを投げうって大暴れしているとき、胸のあいだの名称のわからない部分がぎゅうんと急速に縮こまる。苦しくて高揚する。なぜか口角があがっている。

端的にいってしまうけれども、つまるところわたしは寝ぼけた叔母による理性の追いつかない数々の挙動を楽しみにしていた。平和な生活の中で不定期に開催される叔母の大暴れを、ランダム条件で発生するボーナスイベントととらえて待ち望んでいた。できれば日ごろから近くにいて、叔母が眠りにつく瞬間や眠りながらも起きあがる瞬間に立ち会いたいと願っていた。興味本位の下世話な好奇心だと指摘されれば否定できないのだが、夜中目が覚め叔母が起きだしてきた気配を察するたび高まりを抑えきれない。とはいえ叔母が暴れる中で、病院のないこの環境で怪我をしたら困ってしまうし、中には破壊され形を失い二度と元にはもどらないものもある。夏野菜の酢漬けだってその類だ。

だからこそ高揚し、正義のヒーローをみつめる子どものように羨望してしまう。大人がいっときの感情のみで動いて、いや、感情すらともなっていないのに、自分の行いに説明すらできないのに、そもそも自分が歩いている、動いていることに気づいてすらいないのに、自らの意思で制御もできないのに、大人が引き受けるすべての責任をなげうって、それでもいいのだ、と。それでもいい、それは楽しそうだ、と胸が高鳴って、わたしは叔母の徘徊からすっかり目を離せなくなる。

希望だった。今、どうにか体内からこぼれないように食い止めながらかといって行き場もなくただかかえるばかりでもてあましているエネルギーが、大人から若いんだからなんだってできるじゃないとうらやましがられるエネルギーが、おそらくあらゆる原動力になりうるだろうエネルギーが、ときにきらめきやかがやきにもたとえられるエネルギーが、万が一乾ききってももしかしたらわたしは、なにも失わずに済むのではないかと期待してしまう。

だからわたしは暴れる叔母をみていたい。手のつけようがなく、見守るのでせいいっぱいの叔母の姿に、ああこれはもう手のつけようがないなあといっそ感心するほどまっすぐ打ちひしがれたい。自分の無力さに嫌気が差しなにもできなくなってしまいたい。ところがどれほど思いを込めて熱い視線を突き刺そうとも、叔母は一度たりともわたしの視線に気がつかないのだった。

その日の午後、母から電話があり「今週中には帰ることになると思う」と告げられた。

木々は死なない。というわけではないはずなのに、それでも生命力を携えどっしりと構えているさまを目にすると、不死の力を信じてしまう。木々は日々、前のめりに生きている。一日たりとも手を抜くことなく生きている。それでいて熱心に、という力みもなく、ただ、そうしているのが当然であるかのように生きている。

神社へ近づくにつれ、徐々に変わっていく空気に肺が震える。家にいると目を覚ますたびになぜ母がいないのだろう、なぜ叔母がいるのだろうといちいち考えてしまうが、自然の中に身を置いていれば不毛な考えから解放され、解答欄のない問いのために考えたり言葉を選んだりといったわずらわしいあれこれからも距離を置ける。神社はいかなるときも澄んだ空気の中にただあって、わたしの顔色の変化に気づくことも、気を遣ってうかがうように声をかけてくることもない。

神社からもどると、すでに起きてきていた叔母がいつになく神妙な面持ちでちゃぶ台についていた。

「また誰か招待したんですか」

朝食は麦飯と味をつけたたまごを焼いてぱたんと折りたたんだものとなすの味噌汁とミゾソバを油で炒めたもの。どれもそれなりにいい塩梅に味つけでき、満足していた。

「あなたも思春期ですし、家庭内の人間に隠れて秘密裏に行いたいことも色々あるでしょう。そもそもわたしは居候という身ですから、なにもいう資格はありません。ただ、目が覚めたときに得体の知れない気配を感じるのは気持ちのいいものではないのです。できれば、人を呼ぶ日にはあらかじめ伝えておいてくれませんか」

しかし叔母は朝食に手をつけるより先に真剣な顔になり、しらじらしい咳をひとつしてから話をはじめてしまった。そうなるとわたしも一度持ち上げた箸をちゃぶ台にもどさなければならず、かといって叔母に伝えるべきこともないので、黙り込むばかりになる。ひとこと「わかった」とでもいえば話は終わるのだろうが、そうすると今度は叔母が暴れた翌朝に「なぜあらかじめ人が来ると伝えておかなかったのか」という話になってしまうので、うかつに答えられない。

叔母は、自らが誠実に声をかければなんらかの返答をもらえるものと思い込んでいたらしく、いつまで経っても口を割らないでいるわたしに少しずつ焦りを滲ませはじめた。何度もくちびるをひらいたり、とじたりしたが結局いずれも飲み込んだらしい。それから意を決したような一瞬のあと、ようやくかすれた声が漏れた。

「お姉ちゃんが」

そこで叔母はまた一度んん、と咳払いをした。

「あなたの母が、今どこにいてなにをしているのか、どの程度理解していますか」

「え？　えっと、親戚のおじさんの看病に行ってるって聞いてる。わたしは会ったことない、遠くに住んでいるおじさんだって」

「そうですね。血縁上もとても遠い親戚ですから、あなただけでなくわたしも会ったことがありません」

叔母のものいいは終始事務的だった。いや、ふだんからこうしたものいいをする人だが、親戚という単語とのコントラストのせいか、必要以上に冷たく聞こえる。

「その人は、いわゆる植物人間です」

空腹に耐えかね、会話の途中でミゾソバを油で炒めたものをごはんにかけてチャッチャとかっこんだ。やはり、我ながらよい味つけにできている。

しかしどれほど食事に気をとられていても、慣れない単語の違和感は見逃せない。

「植物人間ってなに？」

「寝たきりの生活を送っていて、起きあがることもしゃべることもほとんどできない人です。親戚の場合、目はかろうじてひらいているそうですが、おそらくなにも認識していません。自力での食事や排泄もできません」

つい口を挟みたくなって「じゃあどうやるの？」と聞いたが、叔母は教えてくれなかった。わたしの問いなどなかったかのように、用意していた話を淡々と続けていく。

「その人も、その人の配偶者も高齢で、彼らに子どもはいません。延命治療をするか否かというころあいになって、配偶者による介護にも限界がきたので、姉が対応するという話に落ち着きました。親戚中にあちこち頼んで、そのたびに断られて、姉のところに届いたようです」

「延命治療って？」

聞いたところでやはり教えてくれないかもしれない、と思ったが、今度はわたしの目をまっすぐにみた。正面からみると、叔母の凛とした目には密かに怯えのようなものが隠れているとわかる。

「ろうそくがあります」

「ないよ」

「違います。頭に思い浮かべてください」

「あ、はい」

目をとじた。まぶたの裏にはいつでも宇宙が広がっているが、今日はその中心にぼんやりと、食卓風景の残影が浮かんでいる。ミゾソバを炒めたものだけでなく、たまご焼きも味噌汁も本当に美味しくできていた。

「ろうそくにはかろうじて、弱々しい火が灯っています。ろうもほとんどとけ切って、残りわずかです。消さないためには次のろうへ火を移さなければいけません。そのろうはとても高価で、繊細です。火を移したところで、その後何時間持つかわかりません。それでも、数秒でも数時間でも確実に火を灯すために新しいろうへ投資する人がいます。もしかしたら、ひょっとしたら、新しいろうはとても強固かもしれない、今は弱い火がまた強く燃えさかるようになるかもしれないと希望をいだく人もいます」

まぶたの裏に「希望」というゴシック体がでかでかと浮かびあがった。中学時代のおじいちゃん先生が頻繁に使っていた、パワーポイントのふざけた演出みたいに。

「あるいは、ろうを用意せず自然に任せるという手段もあります。残り少ないろうと、あと少しで消える火をただみつめるという選択肢も当然存在しますし、消えかかっている火をどうにか一秒でも長く燃やし続けることばかりが正しいわけではありません。自然へ還ろうとしている人をつかまえ、意思疎通できない状態にかこつけ、他者の悲しい、さみしいといったごく個人的な感情に従って不自然な環境へ連れていくことを、エゴだととらえる人もいます」

人もいます、という表現を耳にしたとき、一番にまぶたの裏の宇宙に浮かんだのは叔母の顔だった。

「親戚は、新しいろうを用意しませんでした。姉は今、人が死ぬまでの時間をひとりでみつめています。その人が早く死んでくれれば、姉はようやく解放されて、あなたのもとへもどってくるというわけです」

意地悪ないいかただ、と思った。人の命がかかわっているのに、そんないいかたをしてはいけない。反射的に訴えようとしたなけなしの倫理は至極まっとうで、中学時代の担任もこれにはきゅっと花丸をくれるだろう。

しかしテレビや本でたまたまみかけた表現をさも自分の意見かのように、十代ならではの真剣な語りでぶつけたところで、いったいなんの主張になるのだろう。「死んでくれればなんていいかたはひどいよ」と強く訴えたとて、叔母は「そうですね」とでもいいながら食事をはじめ、終われば客間へ消えていく、それで終わりだ。わたしは箸を置いた。

片付けも食器洗いもしないまま、あてもなく庭へでた。消化活動に勤しむ内臓が重く、どこへも行く気がしなくて足元の石を無意味に蹴りながら、叔母が自室へ引きあげていくまでの時間をむなしく過ごした。

むきだしの耳もとを静かに撫でられるような違和感を覚えて顔をあげると、家の前の小路にソレがいた。三度目だ。ソレまでの距離は十メートルほどで、これまで遭遇したどのタイミングとも比べものにならないほど近い距離での対峙だった。

今回はやたらに動き回るのではなく小路にただたたずんでおり、動物がどこかで聞こえる音を拾うため動きを止めて神経に集中しているときのような、微かな緊張感をまとっていた。近くでみてもソレの輪郭はやはり定まらず、止まっているのにその場に定着することはない。存在と不在、あるいは生と死が秒ごと入れ替わりながら、影となって視界を侵している。

はじめてソレを目にしたとき、人影と見間違えたものだけれど少なくとも人ではない。それなら動物ではないだろうかと考えた。つまり動物影。そのような言葉があるのか知らないが、人ではなく動物の影、というか魂というかエネルギーというか霊のようなものなのではないか。そしてソレは、おそらく自らの姿を認識したことがないのではないか。人ならば鏡をのぞき込む、もしくは窓ガラスに自らを映しだすなどして、細部まで自分の姿を知ることができる。

しかし自らの姿形をとらえないまま、ろうそくを消してしまった動物は、自らの肉体を手放し魂がむきだしになったとき、ソレのように混乱するのではないか。魂の容れものががしゃんと壊れ、放りだされても身体感覚は忘れられず、輪郭のあいまいな影だけが残ってしまったのではないか。およそ三メートルもの大きな影ではあるけれど、自らを誤って認識しているだけで本来は小柄な命かもしれない。たぬきのように、小さく臆病な生き物だったのかもしれない。

そして顔も表情も声もない、ともすれば感情もないかもしれないソレが形を変えながらそこにいるのは、命を失ってから次の肉体を手に入れるまで行き場のない魂をもてあましているためではないか。ソレはこちらから何事か働きかけずとも、炎天下にさらされた氷がいずれ溶けゆくように、近いうちに消滅してしまうのだろう。

そう思うとあてなくさまようソレが家族とはぐれた幼い子どものように思え、たよりなさに妙な愛着さえ覚えてしまった。起こさなければ寝た子はいつまでも眠り続け、小さな身体いっぱいを使ってわめき泣く声も聞かずに済むのだろう。

ソレが鬱蒼とした藪の中へ消えていくまで、わたしはなにもいわずいっさい触れず、ただ静かに影をみつめていた。

真夜中の悲鳴は心をつぶす。遠雷も響く夏の夜、叔母の声に目を覚まし、思わず眉を寄せた。ひどい剣幕であるうちはいいのだ。派手に暴れるほどに叔母の身体が歪んでいつしか希望という大きな文字に変わってついでにきんぴかに輝きはじめる、それならまだいい。いつ終了ゴングを鳴らすべきかタオルを投げるべきか見極める真摯さを向けながら結局なにもせずにただ叔母をみつめ、叔母は叔母で散々暴れたあとぷっつりと動きを止めて自分の仕事はこれ以上ありませんというように大人しく客間へもどっていくわかりきった時間は平和なのだが、問題は最近めっきり叔母が静かになってしまったことだ。深夜三時、雑音に目を覚ましてもなにかを倒す音殴る音割れる音は聞こえてこない。ただ、かぼそい悲鳴やうめく声ばかりが、夜風にきしむ家屋に満ちている。

台所では叔母がステンレスの流し台にしがみつき、身体を折り曲げて声をあげていた。んぐう、んふう、ともらす苦しそうな声は、動物のうめき声にも似ている。気分が悪いのかと近づくと、うめき声が言葉の形をしていることに気づいた。

「ごめんなさい、ごめんなさい」

身体をくの字に折り曲げ、排水溝へ謝罪を落とす叔母の背中を見守っていると、なぜだか一度も会ったことのない親戚のおじさんの姿が浮かびあがってきた。おじさんの存在も知らず、雨の日も晴れの日も、家から一歩踏みだすなり青々とした植物が持つすさまじいエネルギーを全身に浴びてきたというのに。

植物は強い。御神木といわずとも、あたりに自生する木々はどれもすさまじく強い。母はひとり、少しずつ弱まりながらもなんとか燃える生命をみつめ、なにを思うのだろうか。

翌朝、母からまた電話があった。用事が済んだので明日の電車で帰宅するとのことだ。いくつか聞きたいことがあったが、結局なにも聞けないまま電話を切った。

本州に接近している台風の影響により夏祭りが中止になったらしい、と朝一番に教えてくれたのは叔母だった。インターネット上にひっそりと中止のお知らせがでていたのだと説明する声さえ、容赦なく落っこちてくる雨粒のぼだぼだという音にかきけされていた。早々に雨戸をしめていたので外のようすはいっさいわからず、知らないうちにこの家以外のすべてが崩れ流され押し倒されているのでは、という幼い妄想に幾度となくとりつかれ、答え合わせのためにテレビの前に座り込んだ。しばらくすると電話が鳴った。

「やっぱり今日、帰れないわ」

母の用件はあいかわらず簡潔だった。

「身延線が止まってるみたいなのよ。中途半端な場所で立ち往生になっても仕方ないし、明日には台風も通りすぎてるはずだから、もう一泊していく。そっちは土壌もしっかりしてるから大丈夫でしょうけど、まあ気をつけなさいよ」

夕食を終えて食器を片付け、入浴を済ませた叔母が客間へ消えていってからも、わたしは居間のテレビ前にはりついていた。なんでもよいので情報がほしかった。地震や台風の接近時には緊急ニュースが適宜流れるはずだが、どれほどチャンネルを切り替えようと画面の端にもうしわけ程度の天気予報が添えられる程度で、常に家屋が揺さぶられている現状に説明をつけてくれる最新情報はみあたらない。

雨音が住宅を揺らすほどの豪雨に見舞われているのはこのあたりだけなのかもしれないし、それならそれでよいのだが、その事実を決定づける情報すら得られないのでわたしはくりかえしリモコンのボタンを連打して、ニュースや速報を探し続けていた。不謹慎ながら、困る人悲しむ人が多数映しだされるような、重大な報道を求めていた。

遠く離れた大都市でも甚大な被害がでているだとか交通機関がストップしたために帰宅できない人がいるだとか、そういった特別なニュースを渇望していた。美しい夜景に囲まれ、生活範囲にきっちりと線路が張り巡らされた街と、わたしたちの集落とのあいだに共有できる情報があればいくらか心強い。ともにがんばろうと、手を取り合おうと、ひとりじゃないんだと、朝のテレビ番組で目にする文言をようやく実感できるはずだ。たとえ現状、手をにぎる相手が誰もいなくとも、だ。

しかし今避難勧告が出されたとて、避難場所までの一時間あまりの道を切り抜ける術はない。となりの望月さんにも声をかけなければならない。望月さんがもう眠っているなら、起こすところからはじめる必要がある。いや、まずは叔母を起こさなければならない。身体を起こそうと、真の意味で起きるのには時間がかかる叔母をどうにか覚醒させなければ。

どのように？　答えを求めてまたリモコンに触れる。

二十三時台、たった数分だが県内ニュースが流れ、ようやく多少の情報を得られた。接近している台風の影響で県内の川は氾濫し、いくつかの道路は通行止めになったという。近隣の体育館に避難した家族、あわてて避難してきたから薬を持ってくるのを忘れたのだと語る老婆と次々流れる映像にどの川だろうどこのおばあちゃんだろうどこかで目にしたことがある気がするといちいち考えているあいだに、目まぐるしく画面が切り替わっていく。

続いて大雨の影響を受けた現場の映像が映しだされた。悪天候の中にたたずむ鳥居にクローズアップしたカットからはじまり、ぐぐっと引いていくと雨具を身につけマイクと華奢なビニール傘をしっかりとにぎるリポーターが映り込む。リポーターが立っているのは、峠を越えた先にある神社だった。毎日足を運んでいる神社に続いて、我が家から比較的近い距離にある。

リポーターは、今回の大雨によって樹齢千年を優に超える御神木が倒れてしまったと、険しい面持ちで伝える。幸い怪我人はいませんでした、と簡潔な報告を済ませると、伝えるべき内容は以上ですというかのごとくあっさりとニュースが終わっていった。結局その後御神木がどうなったのか、倒れた周辺の地域はどうなったのか、またわたしの地域は今現在どうなっているのかといった情報は、とうとう得られなかった。植えつけられたのは、焚きつけられるようにわきあがる感情だけだ。

居ても立ってもいられず立ちあがった。毎日足を運んでいる神社のようすを確認しにいかねばならない、というのは勝手な義務感であり、わたしひとりその場に駆けつけ仮に御神木の変化をみとめたとて、自力で抑えられるわけもないとわかりきっている。その代わり、言葉は使える。大人に知らせる、人を呼ぶ、避難をうながす、たとえ肉体が使いものにならなくとも、言葉を駆使してできることがあるはずだ。

遠目で、あきらかにようすがおかしいと感じたならむやみに近づかずすぐ引きかえせばよい。毎日通っている道なのだから、間違いも踏み外しもしないだろう。もし、途中で土砂崩れの気配やなんらかの危険を感知したならば無理に神社を目指さなくともその時点で引きかえせばよいのだし、そうだまずとなりの望月さん宅あたりまで行ってみて、先のことはそれから考えればいい。

セパレートタイプの雨具を上下まとって長靴を履き、ビーチサンダルやスニーカー、母のハイヒールとともに玄関に転がっていた懐中電灯をつかむ。引き戸をあけると荒々しい雨音に鼓膜と頭をまとめて殴られた。これがいわゆる「横殴り」の状態かと納得する角度で、うつむく頬や額を容赦なく打っていく。頭上ではなく目の前に雲があるのではないかと思うほどで、前方を確認したいが、不用意に顔を動かせば雨風が目や鼻や口を徹底的にふさいでしまうだろう。懐中電灯で足もとを照らしながら、ぐっと足を踏み込んだ。

どこへ行くにも通らなければならず、生まれてから何度も、数えきれないほど行き来した小路をやや進んだだけだ。まだ自宅の庭から数メートルも離れていない。それなのに、あたり一帯にはまるで見覚えのない、単なる闇や嵐による不穏さとは性質の異なる重々しい気配が遍満していた。違和感に急かされるまま懐中電灯を胸の高さまであげ、行く先を明るく照らしたとたん、心臓が奇妙な音を立ててねじれあがった。

目の前にソレがいた。本当に目の前、鼻先から三十センチも離れていない目の前、なぜ気づかなかったのかと思うほど目の前に迫っても、ソレはやはりおぼろげな輪郭を大きくしたり小さくしたりなにひとつ定まらないまま、生命の圧だけを携えてそこにいた。正視してもなお、正体がつかめないなんてことがあるのだろうか。いまだソレが恐ろしい対象か否かすら判断できないまま素直に反応する手足が震えだし、懐中電灯ひとつにぎる力さえいつのまにか失っていた。

転がった懐中電灯が足元から離れないうちに拾いあげたが、音に反応したソレが、こちらをみた。確実にこちらをみた。ソレのどこに目があるのか、いやそもそもどこまでを顔とするかも不明であるのに、今ソレがわたしをみた、わたしを認識したということだけはわかるのだった。

うつむいて強引に視線をそらそうとも、ソレの意識がびりびりと低周波のようにわたしを囲い込んでいる。深くうつむこうとも、雨もソレの意識もわたしの顔や身体を容赦なく刺していく。できればゆっくり後ずさりしたのち迂回したいが、残念ながら四方八方を木々で囲まれたこの空間には、ソレにふさがれている道以外の選択肢がない。わたしにたくましい四肢があれば崖を渡ってその先を目指せるのかもしれないが、あいにくわたしの足は平たい道にしかなじまない。

「あの」

ソレに言葉が通じるかどうかさえ、わたしは知らない。

「この雨で、神社が、あの、神社というか、御神木が、倒れたって、県内の神社なんですけど、ニュースみて、それで、近くの神社も、やっぱり危ないかもしれないと思って、それなら避難しなきゃいけないから、誰かが助けてくれるわけじゃないから、自分で確認するしかなくて、それで」

ソレはなおも形を変え続け、ほとんど鼻先に接触しているタイミングもある。ソレに熱はない。ただ、やんわりと押しかえされるような強い圧が迫り、むわりと匂い立つ異様な気配にほとんど飲み込まれるような心地がする。いいわけめいた言葉がどれほどの効力をもつのか見当もつかないが、戸惑っているうちまたもや鼻先にまで迫った圧に飲まれ、今度こそ溺れそうになった。

「通りますね」

もうしわけ程度のあいさつとともに足を踏みだし、息を止め、ぐっ、とソレの中へ自らの身体を押し込んだ。その瞬間に、特別な感触はなかったように思う。

まず、懐中電灯が切れた。電池切れにしてはあまりにも唐突で、余命を思わせる点滅もなく、なにかに弾かれたようにぱあんと音を立てて一気に消えた。消える直前がもっとも明るかった。懐中電灯が本来持っているはずの一万ルーメンのパワーをはるかに超え、あたり一面を日中のように照らしだした。光は木々のあいまにまで行き渡り、はびこる暗闇を逃さず暴き、雷に打たれたような一瞬の明るさの中でソレのあいまいな輪郭がぐわりと波立った。

突風に身体をつつまれた、と思ったのは最初のほんの一瞬だけで、続いて頭がぐわんと揺れ、歩きだすどころか立っていることさえままならなくなった。正しき目眩をはじめて実感した。目眩とは朝、布団からはいでるときのもったりとした頭の重さではない。友達のおじちゃんの車で山道をのぼるときの三半規管を揺さぶられる感覚ではない。いつのまにか地面が目の前にあること、そしてふたたび自力で立とうとする力を封じ込める、なにより強い圧のことだ。

怒っているのだ。ソレは絶えず揺れている輪郭だけでなく身体全体を震わせるほどの感情に突き動かされ、すべてをわたしにぶつけているのだ。知覚できる情報はわずかなのに、むきだしの肌に痛いほど突き刺さる感覚が怒りであることだけはわかる。なおも先へ進もうとするなら否応なしにはねのけられ、もしくは取り込まれ、自らの肉体もろとも弾けとんで飛散するだろう。雨が地面を打つたび目や鼻や口に泥が入り込み、呼吸さえままならない。ありったけの言葉をかきあつめ、ただ神社が心配なんですあなたの邪魔をしたいわけではありませんましてや悪意などありませんと真摯に訴えかけたとて、真摯の真を誰が図ろう。理屈などない。ソレは理屈と切り離された神聖な場所で、ただ怒っているのだ。愚かな人間に無遠慮に触れられ、強い怒りを表明しているのだ。

かろうじて細い呼吸を続けながらあいまに泥を飲み、わたしは自分になんの力もないことを痛いほどに噛み締めていた。肉体はあまりに貧弱で、目も耳も些細な変化をつかまえられない。瞬発力もない。戦う力も生きる力も極端に弱い。せめて言葉を正確に投げ、ごめんなさいと伝えられれば、ごめんなさい調子に乗ってすいませんでしたもうしませんといって和解できればよいのかもしれないが、言葉によるコミュニケーションは本来なら最終手段のはずだ。会話は、相手と自分が同じ言語を理解しているという前提の上でしか成り立たない甘ったれたコミュニケーションであるのに、それを封じられただけでわたしは、わたしたちは、途方もなく無力であった。身体ごと夜風で散らされ台風で吹き飛び命ごとあっけなく失ってもなんの文句もいえない存在だった。未曾有の事態に焦っていようと心配していようと反抗していようとセンチメンタルに浸っていようと個人の心の在り方などなにひとつ意味がなかった。とことん無力で、無意味で、それでいてあろうことかイッツコミュニケーションと筆記体で記しわかりやすく掲げて言葉をつかったやりとりにばかり甘んじているあまりに情けない存在だった。大事にしない人は人にあらずですからと教科書でくりかえし説明されている命たるものが、本当は重さをほとんど持たないのだと知ってしまった。軽んじてよいというのではなく単純に、力がない生きる力がないわたしには生に値するエネルギーがない、それなのにたぬきや猿や熊や樫や大杉とともに肩でも組んでさあ我々とともに生きようと、こちらもせいいっぱい生きているつもりなのだと、これからも仲良くしていこうと、自分も自然豊かな環境を構成する一部なのだと思い込んで堂々と暮らしていた。

この期に及んでなお呼吸を続けようとしている事実がとんでもなく恥ずかしくて仕方がない。降参したい。肉体を手放してしまいたい。潔くさっさと無くなってしまいたい。母はまた非難を浴びるかもしれない。なぜ目の届く範囲にいなかったのかと黒い服を着た大人たちに怒られ、同じような黒い服に身を包んだままさめざめと泣くのかもしれない。母はいっさい悪くないのに、わたしが勝手に決まりを破って家をでたというのに、村八分の母はさらに肩身のせまい思いをするのだろう。否定したいのに、もういいわけをならべる力もない。口の中には泥がつまっている。泥に含まれていたチクチクしたなにかが喉に刺さって痛いからとにかくもう一刻も早く身体を手放してしまいたくてそれさえかなえばあとはもうなんでもよい。

泥で満たされた暗い視界の端が、ゆっくりと白く染まっていく。とうとう意識を手放しかけたところで、突然身体が浮いた。死ぬ瞬間には身体が軽くなるのかと納得しそうになったのだが、実際には腕を強くつかまれ身体を引きあげられていたのだった。最後の力をふりしぼってふりはらおうとしたがかなわず、むしろふりほどこうと躍起になるほど力は強くなる。二の腕に強く強く食い込む、細い指には覚えがあった。

叔母はいつもいつもキーボードばかりをたたいているあの指で強くとんでもなく強くわたしの手を引くなり、ぬかるむけもの道を一気に駆けた。泥に足を取られても木の根を踏んですべってもかまわずとにかくわたしの手を引いて前へ先へ玄関へたくましい脚を一歩でも近づけるべく強引にやみくもに走った。

なぜ客間のあの布団で眠っていたはずの叔母が雨具も傘も持たずずぶ濡れになってわたしの真後ろに立っていたのか考える余裕もなかった。気づけば目の前に見慣れた玄関があった。戸はあけ放されたままだった。叔母は玄関に飛び込むなり勢いよく戸をしめすばやく鍵をかけあらゆる脅威を完全に締めだした。

先ほどまで耳の穴にも侵入していた雨音が小さくなると二人とも糸が切れたようにその場へ崩れ落ち、喘ぐように酸素を取り入れ息を整えた。玄関ではふだん整列させているサンダルもスニーカーも方々へ散らばっていて、よくみれば叔母は裸足で、叔母が飛びだしてきたその瞬間が垣間みえた。荒い呼吸のさなか、おそるおそる叔母の横顔を盗みみると、まるで日中の覚醒時のようにはっきりとした表情をしていた。睡眠中、いつもあれだけ自由に動き回る叔母が家の外へでたのは、考えてみればはじめてのできごとだった。

「あの」

叔母は、わたしの声に確かに反応した。しかし正気の一瞬をごまかすように、前を向いたたまますばやく立ちあがった。

「ごめんね」

届いていないのか、あるいは届いていると悟られたくないのか、叔母は返事もせず客間へ入っていった。叔母の足取りに沿って、廊下の床に垂れたしずくが斑点を描いている。今なおぐっしょりと濡れているはずの髪は、服は、どうするのだろうか。

「ごめん」

返事はない。それでもわたしは壊れた人形のように、まるでそうしていればすべて許されるかのように、ごめんごめんとくりかえした。たとえ無意味であろうと、もっとも素直な、率直な言葉をくりかえす以外に術がなかったからだ。次第に雨音は弱まり、わたしの声ばかりが家中に響いていた。

遠くの山々が橙の光を受けて輪郭を示す。朝の木々が放つ新鮮な匂いが、すっかり静まりかえった一帯に満ちる。

起きてきた叔母が確実に目を留める場所と考え、やはり居間のちゃぶ台を選んだ。鈍感そうな叔母でも、一目みて自分に宛てられたものだとわかるよう白い封筒に大きく「おばちゃんへ」と書いて、ご飯となすの味噌汁、油揚げをカリカリに焼いたもの、漬物とともに皿のあいだへ慎重に配置する。客間のふすまがひらく音を聞くと、とたんに恥ずかしくなってわたしは台所へ逃げ、さも大事な作業があるかのようにせわしなくふるまった。

「なんですかこれ」

席についた叔母は、封筒にすぐ気づいたらしい。

「ラブレターだよ」と簡潔に説明すると首をかしげた。眉の寄せ方まで、想像していたとおりだった。たとえ伝わらなくとも、今、そのものの正体を言葉で伝える必要がある。

「先日あなたが書いていたものですか」

「そうだよ」

「恋人ができたときに渡すものではなかったのですか」

「そんなこといってないじゃん」

叔母は納得しているのかいないのか、封筒を何度もうらがえしたり、表にかえしたりしながらながめて、それから膝の上に置いた。それを合図に、わたしは箸をとる。

「実は、昨日の夜も人が来たの。事前に伝えておいてほしいっていわれたのに、ごめん」

玄関や廊下はじっとりと濡れ、どれほど丹念にぞうきんで拭おうと、木材に染み込んだ重い色までは取り除けずに違和感として残ってしまった。叔母は、味噌汁をすすりながらなにか考えるような表情をしてから、ぽつりぽつりとつぶやいた。

「昨日の雨はずいぶんひどかったですね。わたしも、雨音で夜中に何度も目覚めました。あなたを心配してわざわざやってきてくれる人がいるのはいいことではないでしょうか」

そこでようやく、叔母が昨日と違う家着を身につけていることに気がついた。どこかで着替えたのだろうか。わたしが眠っているあいだにそっと起きだし、濡れた家着を洗濯機へ投げてシャワーを浴び、新しい一枚に袖を通したのだろうか。きっと、たずねても教えてくれないだろう。

朝食を終えてすぐ、電話が鳴った。母からだった。

「今日、午後にはそっちに到着するから」

その声がひどく疲れているように聞こえたので思わず「お疲れさま」というと、電波の向こうの母がめずらしく脱力したような笑みをこぼし、それから「生意気」とつぶやいた。

電話のあいだに、叔母は客間へもどってまたディスプレイと向き合っていたらしい。ふすまをあけて母が今日の午後に帰ってくるらしいと伝えると「そうですか」とやはりディスプレイをみつめたままいう。わたしは客間の畳にひざをつき、そのまま錆びついた人形のようにぎこちなく移動して叔母の背後に回った。やはりこちらに目も意識も向けることなくキーボードをたたき続ける叔母の背中に、ぐいと額を押し当てる。シャツ越しに感じる背骨の固さが鼻先に触れ、ようやくキーボードをたたく音がやんだ。

「ねえ、まるいちって知ってる？」

「知りません。なんですか？」

「駅前にある食堂。夏はかき氷もだすんだけど、シャインマスカットのかき氷が美味しいの。あれ食べながらお母さんが帰ってくるの待ちたい。だめ？」

「いいですけど」

けど、のあとになにが続くのかわたしは知らないが、少なくとも叔母はいやがっているようには思えなかった。ふすまをしめる直前、ひらいた封筒と便箋が叔母の手もとにきちんとそろえて置かれていることに気づいた。指摘しようと口をひらきかけたとき、洗濯機が鳴らす異音が響き、なにもいわないままふすまをしめた。

水を含んで重くなった洗濯物をかかえて庭へでるなり、台風一過の冷たい空気につつみ込まれた。耳の奥がじりりりとしびれるほど静かな空の下で、湿気の残る空気を身体のすみずみまで行き渡るよう深く息を吸う。

濡れそぼった洗濯物をぞうきんのように絞り、高く掲げた棒へかぶせる。反復作業の中で着実に洗濯物を片付けながら、ふとぬかるみの残るけもの道へ目を向け、ちょうど昨夜と同じあたりにソレの姿をぼんやりとみとめた。五回目だ。昨夜を思いだせばほとんど反射的に背筋が冷えたが、不安は長続きしなかった。

ソレは消沈していた。いっさいの悪意を手放し、意識もずいぶんあいまいで、わたしの姿も認識していない。ソレのいくばくもないろうそくが、いよいよ消えかかっている。なぜそう思うのか、端的に説明するための理由や理屈、言語といった武器はやはりない。ともかくじりじりと焦がれるように少しずつなにかを失っているソレからは、昨夜のすべてをつつみ込むような圧を感じられない。光のレイヤーにかきけされるように、濃度が少しずつ下がっていくさまを、わたしはうやうやしくみつめていた。

「あ」

やがて影が光に蹴散らされるように、ソレが消えていた。ほんの一瞬のできごとであった。あたりにはもう影も気配もなにもない。情けない声をだそうとも、ソレのもとには届いていないのだろう。

「なにかありましたか」

ふりかえると、声を聞きつけた叔母が縁側から顔をだしている。首をふれば、叔母は納得したのかしていないのかなにもいわず洗面所に向かっていった。きっとかき氷を食べに行くために、髪型を整えているのだろう。

もう一度、平和な小径へ目を向ける。煌々と輝く緑の中でなにもかも手放したソレは、新しい輪郭をみつけているのだろうか。あるいは、さらに高度な次元へ到達するために三次元的な姿形は手放すのだろうか。わたしはソレの行く先を知り得ない。そして静かに合掌するわたしを、誰も知らない。

了

やまなし文学賞の概要

本文学賞は、山梨県と深いゆかりを持つ樋口一葉の生誕百二十年を記念して、平成四年四月に創設されたもので、山梨県の文学振興をはかり、日本の文化発展の一助となることを目的として、小説部門と研究・評論部門の二部門を設けている。主催は、やまなし文学賞実行委員会。山梨県・山梨県教育委員会・山梨日日新聞社・山梨放送が後援。山梨県立文学館に事務局が置かれている。

　第三十回のやまなし文学賞実行委員会は、三枝昂之山梨県立文学館長を実行委員長とし、委員を金田一秀穂氏（山梨県立図書館長）、野口英一氏（山梨日日新聞社社長・山梨放送社長）、西川新氏（山梨日日新聞社常務取締役）、赤岡重人氏（山梨県観光文化部長）、三井孝夫氏（山梨県教育委員会教育長）が、監事を三井雅博氏（山梨日日新聞社編集局長）、河野公紀氏（山梨県観光文化部文化振興・文化財課長）がつとめている。

　第三十回の小説部門では全国三十七都道府県および海外一カ国から、二一六編（うち男性一五〇編、女性六四編、その他二編、県内在住者は二七編）の応募があった。

　選考委員の佐伯一麦、長野まゆみの両氏による選考の結果、やまなし文学賞に杉森仁香氏（山梨県）「夏影は残る」が、佳作に齊藤勝氏（愛知県）「この世の果て」と一色秀秋氏（北海道）「誤配」が選ばれた。「夏影は残る」は三月十五日から四月十五日まで二十三回にわたって山梨日日新聞、また同紙電子版に掲載された。

やまなし文学賞実行委員会事務局
〒四〇〇―〇〇六五
甲府市貢川一丁目五―三五
山梨県立文学館内
電話（〇五五）二三五―八〇八〇

感想

佐伯一麦

受賞作「夏影は残る」は、この賞の選考に加わった中で、最も文章に生彩が感じられた魅力ある作品である。人里離れた土地に、通信制の高校生の主人公は住んでおり、庭に入ってくる動物は、たぬきのほかに、猿、いのしし、むささび。〈たぬきはあまりに臆病で小さくて、ほかの動物とは性質の異なる生き物だった〉と、てんちゃんこと主人公は感じている。彼女の独特の感性でとらえられた感覚――〈うごくもの〉と〈動物〉はちがう。〈あー〉としか言いようがないことはある。半音低くなったせみの声。会話は甘ったれたコミュニケーション……、それらが読み手にも新鮮な世界を開示するかのようであり、思春期に確かに遭遇していた〈ソレ〉の痕跡を我が身の裡にも探る思いとなった。

佳作の「この世の果て」は、認知症になった妻を介護する主人公の様々な思いを、写経する経文と重ねるところに工夫があった。彼はニュータウンから故郷の輪中地帯の村へと帰り、そこで妻を見送る。〈枯れた茎が痩せた骨のように水の引いた泥田の上に突き出ている〉蓮根田の光景などが、くっきりとまぶたに浮かび、人は土に還る、という思いをしみじみと感得した。

「誤配」は、〈年賀をこする〉といった専門用語を交えて描かれる郵便業務の内情が興味深く、楽しく読める作品だった。同僚に疑いを向ける主人公に対して局長が言い放つ、〈管理職の一番大切な仕事は（略）部下を信頼することだ〉というセリフが決まっており、事の顛末が手紙によって明らかになるのもよかった。

選評

長野　まゆみ

　受賞作の「夏影は残る」は、ことば遣いに特徴があった。語り手の「てんちゃん」は十六歳の通信高校生。「生い茂る木々のあいだを間借りするように暮らす」集落で日々を過ごす。あるとき、草木に覆われた「けもの道」でソレとしか、形容しようのない正体不明のものと出会う。いっぽう、彼女と同居する叔母は眠っているあいだにしばしば正体不明となって歩きまわり、手にふれるものを容赦なくなぎ払う。テーブルの上のピクルスの瓶が犠牲となる。その夏野菜を「とまときゅうりおくらなす」と表現し、こぼれるようすを「ぽどろろろっ」と思いきった擬声語で描く。目覚めていれば頭脳明晰で生真面目な人である。この叔母との「かみあわない」会話と、それでいて親和性を示すやりとりが面白い。隣人がくれる桃が多すぎて「冷蔵庫にぎっしりつまっている」といった描写も巧みだ。ソレは「てんちゃん」が新しい一歩を踏み出したときに消える。ことばの感覚の新しさを評価したい。

　佳作の「この世の果て」は半生をニュータウンで暮らした主人公が、認知症となった妻をつれてふたたび故郷へもどる話。周りとのつながりが薄い個人主義に満足していたはずの人が、往きつく「果て」の見える土地で、共同体に安らぎを感じる。現代のテーマだと思う。

　もう一つの佳作は「誤配」。まちがって配達された手紙が、かかわった人々の日常を波立てる。推理仕立てで面白く読ませる。春の嵐に吹かれた桜が花いかだをつくるように、めでたく穏やかな着地がよい。

緻密さと冒険と――あらたな収穫

やまなし文学賞実行委員長　三枝昻之

やまなし文学賞は文学の振興と県民文化の向上に寄与してまいりました。小説部門、研究・評論部門ともに注目度が高く、今回も多くの応募と推薦をいただき、収穫豊かな受賞作がそろいました。そのことをまず喜び、ご報告申し上げます。

コロナ禍の中ですが、研究・評論部門は選考委員の意向もあり、今回も二月八日に中島国彦、兵藤裕己、関川夏央の三氏によって東京平河町の都道府県会館で行われました。最終候補五作から十重田裕一氏の『横光利一と近代メディア　震災から占領まで』が受賞と決まりました。検閲は近代以降の文学にとって切実な問題ですが、昭和の戦中までの内務省検閲と占領期のGHQ検閲の実態を作者と検閲機関だけでなく、版元の編集者を加えて重層的な検閲現場を提示したところにも研究の緻密さが示され、大きな成果でした。もう一点を選ぶことができなかったことが心残りですが、そこにも本賞の真摯なメッセージが込められております。

小説部門は坂上弘氏の逝去を受けて今回は佐伯一麦、長野まゆみの二氏による選考が二月十五日にオンラインで行われました。候補作を杉森仁香氏「夏影は残る」、齊藤勝氏「この世の果て」、一色秀秋氏「誤配」の三編に絞り、各作品の長所短所の議論を重ね、まず文体が個性的で新鮮な「夏影は残る」が評価され受賞作と決まりました。「この世の果て」は終末期とどう向き合うかという現代の切実を緻密に描いた点を評価され、「誤配」は郵便局の現場の描写とテレビドラマにしたいような謎解きと爽やかさが評価され、それぞれ佳作と決まりました。今回は読み応えのある作品が多く、心強く感じたことでした。

選考委員をはじめ多くの方々のご協力に心よりお礼申し上げます。

受賞の言葉

杉森仁香
山梨県。

書くという一見単純な作業に対する、強いおそれがなかなか消えない。

今作を書くにあたっても、自分の向き合っている対象が創作物であるという大前提を誰よりもわかっているはずなのに、終始「書いてしまったら、すべて嘘になるのではないか」という不安を抱えていた。渦中は不安で苦しく、一刻も早く抜け出したい思いでいっぱいだったけれど、まがりなりにも形にしたあと振り返ってみれば、あの不安やおそれこそが本質だったのではないか。不安やおそれがなければ、書く必要も、理由もなかったのではないかと思えてならない。

現在のまったく正直な心中を吐露するのならば、なにを書いたのか、なぜ書いたのか、自分でもよくわかりません。それでいて、不安の中でも何か書かずにはいられませんでした。独りよがりな訴えにほかならないものの、このたび受賞の知らせを受け、なにかゆるされたような気持ちです。選考委員の御二方をはじめ、賞の運営や選考に携わったすべての方に心よりお礼申し上げます。

夏影は残る

二〇二二年六月三十日　第一刷発行

著　者　杉　森　仁　香

発行者　やまなし文学賞
実行委員会

発行所　山梨日日新聞社
〒四〇〇－八五一五
山梨県甲府市北口二丁目六ノ一〇
電話（〇五五）二三一－三一〇五

ISBN 978-4-89710-642-7
定価はカバーに表示してあります。